SARAH AMANECE

Prólogo

`` ¿Por qué no ven mi alma? -dijo un hombre muy dolido.

Porque el alma, como los besos, si se ve no se ha sentido.''

Existen realidades invisibles a nuestros ojos. Llameantes universos que palpitan cuando pensamos, hablamos o actuamos. Y más allá de eso puede que también haya algo o quizás nada. Silencio tal vez.

Nuestros escenarios cotidianos describen vagamente esos universos. Podríamos aprender a verlos con la simple intención de ello. Si no llegamos a convivir con esta realidad tal y como lo hacemos con la futilidad de nuestra actividad diaria, estaremos condenados a repetir los errores que nos han hecho daño, a sufrir con el desasosiego de la imperturbable muerte o peor aún, a no vivir. Ser solo reacciones a estímulos condicionados por una memoria selectiva es algo que debe ser trascendido.

La historia de Sarah no es épica, no es vertiginosa. Es un intento por describir la exaltación de una realidad escondida u omitida por nosotros. Las emociones y los sentimientos son catedrales para lo que hay más allá. Son la antesala de algo mucho mayor. Algo que todo lo abarca, algo que todo lo nutre, algo intangible.

Querido lector este libro no puede ser devorado ni con los ojos ni con la mente. Dedícale el tiempo que él te pida. Aprende a escuchar el metrónomo interior que posee y como marca un tempo. Las siguientes líneas son una partitura que debe ser entonada con un corazón abierto. No esperes nada y lo hallarás todo.

``*Somos el suspiro de un aliento que no conocemos. Su profundidad escapará siempre a nosotros, pues no tenemos los ojos que la ven, ni nuestros oídos escuchan su lejana voz.*

La ola que olvida que ella es el mar, pasará la existencia rompiéndose contra las rocas. Sé como la tortuga y cuando quieras llegar a casa mira hacia dentro.´´

Capítulo 1 *Samsara*

Sarah amanece.

Pequeños haces de luz se colaban en su habitación y parecían ir desparramando la claridad por todo el espacio. Su cuerpo, en la cama, se hacía tan pesado que esperaba, como cada día, que apareciese ese rayo de voluntad con el que saltar y desperezarse. Era una rutina automática entre el ``vamos´´ y el ``ya voy´´. Con los ojos ya totalmente abiertos vio resplandecer la pantalla de su teléfono móvil. Una llamada entrante.

   -Sarah, tu padre ha muerto.

Después de tranquilizar a su madre colgó. El llanto se adueñó de su garganta y durante unos instantes pensó que se ahogaba.

Al fin se hizo dueña de su respiración y destensó su cuerpo.

Siguió sentada en el suelo un tiempo, se levantó a por agua con el caminar de un fantasma, ligero y silencioso, y volvió al mismo sitio. Apoyando su espalda en la pared se fue deslizando hasta terminar de nuevo en el frío suelo.

No dejaba de pensar. Echó la vista atrás y sobrevoló los años hasta que llegó a un día específico, cuando era una niña de doce años de edad. De paseo con su padre se sentaron a merendar en una luminosa terraza, después fueron en un coche, que recordaba muy antiguo y con humedad, al acuario y ¡había visto delfines, su animal favorito! La risa de Sarah aquel día llenaba cada rincón. Una risa inocente y sin fronteras que se paseaba por todos los pasillos del acuario bajo la feliz mirada de su padre. Más tarde jugaron en el parque. Columpios, toboganes… hasta que se hizo tarde y su padre le dijo que debían irse. Sarah se estaba divirtiendo tanto que se disgustó y volvió a casa medio llorando. Entre sollozos le preguntó a su padre:

-¿Por qué las cosas buenas duran tan poco?

-La impermanencia de las cosas no limita su vida, Sarah- respondió él con una templada sonrisa.

En ese momento no lo entendió y a día de hoy tampoco pero al menos hubo una transformación del llanto a la expectación. Se veía más ligera tras ese recuerdo aunque la tristeza seguía con ella. Decidió no seguir recordando, temía que algún archivo pasado en su mente le diera motivos para sufrir.

Fue directa a la ducha dándo vueltas a cómo afrontar este paso de su vida. Nunca había visto la muerte tan próxima y, siendo realistas, le asustaba. Siempre evitaba hablar de esos temas ya que sus emociones se disparaban y su voz se entrecortaba, no sabía muy bien porqué pero la muerte le incomodaba. Bajo el agua tibia se calmó.

****

El autobús temblaba con ritmo medio y constante. Entre el tambaleo, en los asientos finales, se encontraba Sarah llena de tristeza, abstraída y ajena a los demás pasajeros. Tanto que no se percató de la mirada atenta de un niño. El pequeño la observaba con timidez desde el otro extremo del pasillo bailando con su cabeza de lado a lado entre el resto de personas que seguían mentalmente agitados con sus problemas, los que a menudo no eran más que insignificantes sombras con las que pasar el día a día.

La sincronicidad hizo que los dos fueran a bajarse en la misma parada. Al pararse frente a la puerta de salida, agarrada a una barra algo fría, ella ni se dio cuenta del joven:

-*¿Profesora Sarah?*

-*¡Alex!*-se volvió sorprendida-*¿qué tal?*

-*Fine, and you?*- rio sonrojado

Álex era uno de sus alumnos de sexto de primaria del colegio Asturias donde impartía clases de inglés, empleo que compaginaba con clases particulares. Estaba encantada de trabajar con niños, más bien enamorada.

-*¿Estás solo, Álex?*- preguntó con un gesto de preocupación y protección.

-*Sí,*- contesto mientras se apeaban del transporte- *los fines de semana mi padre también trabaja y siempre voy yo sólo al centro a recogerle*- afirmó orgulloso- *sale ahora, a las doce del mediodía.*

-*Muy bien, Álex*- Sarah no quiso ser más indiscreta. Tenía siempre presente ser un buen ejemplo en cada acto, en cada palabra y lo más difícil, en cada pensamiento.- *Parece que vamos en direcciones opuestas, el lunes nos vemos en clase ¿de acuerdo?*

-*Vale, profe. Goodbye!*- se despidió con su inocente sonrisa.

Álex siguió caminando cinco manzanas más hasta llegar al parking de vehículos de la calle San Francisco de Asís. Al asomarse a la garita del vigilante vio a su padre.

 -*¡Álex! Llegas justo, ya salgo.*- Nada le conectaba a más a la felicidad que ver el rostro de su hijo.

Viudo desde hacía casi cinco años, superar la muerte de la madre de su hijo, de su amiga y amante Esmeralda, había sido, y aún era, la transformación más intensa de su ser.

****

Al llegar a casa de sus padres, después de fundirse en un abrazo eterno con su madre, Sarah bajó al taller donde su padre creaba. Él no era un artista ni tampoco un artesano, sólo era un hombre práctico. Encima de la mesa de trabajo, sobre una gamuza gris, se encontraba el resultado de una caja de madera y una hoja de lija fina. Tenía el aspecto de un libro cerrado y era muy simple, casi sin ornamentos. Pero en el lomo, tallado con una letra exquisitamente hermosa, se leía:

``No busques. Todo está presente´´

Sarah sintió de nuevo que era una niña, cuando la sabiduría de su padre era la mejor arma para enfrentarse a la vida. Él *ya no estaba presente* y, sin embargo, continuaba regalándole alimento para el alma.

La inundó una sed inmensa de conocimiento al pensar que podría contener aquella preciosa caja. El silencio de la habitación se filtraba hacia el interior de Sarah creando una atmosfera de atención y curiosidad. Levantó la tapa muy dulcemente como si de una gran enciclopedia antigua se tratase. Dentro se hallaban una pequeña maza y otras tres herramientas con las que parecía haber fabricado aquello. Se desilusionó un poco. Esperaba encontrar otra pizca de aprendizaje, ¡que siguiera la magia!, aunque, por otro lado, su padre siempre creaba con un propósito ya fuera con sus manos o con su intelecto. Cada uno de nosotros creamos nuestro exterior con las herramientas que vamos albergando dentro, no puede ser de otra manera.

Sarah se sumergió profundamente en sus pensamientos intentando vislumbrar qué motivó esa sencilla caja. Solo se repetía lo hermosa que era y lo imposible que sería para ella construir algo parecido aún con todos los utensilios que pudiera haber en aquel sótano. Al final, quizá porque la magia de su padre aún residía allí, se relajó pensando: ``*no hay herramientas malas, sólo manos inexpertas*''. Cerró la caja con una sutil caricia de las yemas de sus dedos y subió al salón donde su madre permanecía en silencio. Se sentó también en silencio al otro extremo del sofá, se quitó el calzado con los pies y apoyó la cabeza sobre el regazo de su madre con la mirada inmóvil perdiendo la noción del tiempo.

****

Las cenizas descansaban ya en una urna metalizada de color verde mate, sobre las piernas de Sarah, bien sujeta con las dos manos. Esta, en el asiento del copiloto, tenía la mirada absorta en una ave suspendida en el cielo buscando con movimientos casi imperceptibles esas corrientes térmicas para no cansarse con el aleteo. Giró la cabeza hacia los asientos traseros donde se hallaba la maceta de una planta joven con varias bolsas al rededor evitando que se moviera.

-¿Por qué a papá le gustaban los cipreses?

-Veras, hija. Tu padre decía que apuntan al cielo y eso le fascinaba. Además que suben muy alto y se enraízan bien en la tierra. Él siempre hablaba de cosas opuestas como complementarias y no como contrarias.

-Le voy a echar mucho de menos- Sarah rompió a llorar.

En el lugar escogido por su madre, jardinera aficionada, trasplantaron el ciprés junto a las cenizas. Sarah, su madre y el bosque. Silencio. Olía a tierra húmeda y se percibía con debilidad el murmullo de un rio.

-Quiero coger unos días en el trabajo y desconectar un poco- pronunció con una voz delicada- *no sé, quizás irme a Londres una semana, allí siempre me encontré cómoda y guardo muy buenos recuerdos de cuando estudiaba.*

-Me parece muy bien cariño, necesitas transitar y superar el duelo.

-Pero, ¿estarás bien, mamá?- preguntó estremecida.

-Mi vida,- sonrió- *el recuerdo de tu padre ya nunca me va a abandonar, estoy inmensamente agradecida de cada instante que pasé con él y su partida sólo le da más valor a nuestra historia.*

Los padres de Sarah no habían tenido una relación perfecta pero sí una relación única. A la edad de cincuenta y nueve años falleció Pedro. A su hija le pareció que aún era muy joven para irse y, al fin y al cabo, ¿qué edad no lo es? La naturaleza podría pensar: ``*los arboles viven más años y me dan menos problemas.*''

Las manos de madre e hija se entrelazaron. Silencio. Sarah, su madre y el bosque.

De regreso a casa Sarah le preguntó a su madre:

-Mamá, ¿puedo llevarme la caja que papá hizo? La que está en la mesa del taller. Me gustaría tenerla de recuerdo, tan sólo la caja.

-¿No quieres también las herramientas? Las dos rieron cómplices.

-No.- contestó entre risas.

****

Álex, sentado a comer con su padre, trataba de explicarle quien era la profesora que se había encontrado en el autobús.

-*Y, ¿te llevas bien con ella?*

-*Sí,* -sonriente- *siempre que no entendemos algo se inventa un juego divertido para explicarlo.*

-*¡Genial, colega! Oye, he estado pensando que, ¿recuerdas que te dije que yo practicaba surf hace algunos años cuando eras más pequeño?*

-*Sí.*

-*¿Te gustaría que te enseñara?*

Alex abrió los ojos con extrema emoción -*No sé... me asusta un poco.*

-*¿Miedo?*- preguntó con tono desafiante

-*Sí.*- mientras su voz se le hundía en el pecho.

-*Mira, Alex. El miedo es tan sólo la expresión de nuestra idea de carencia y nos somete aferrándonos a la idea que tenemos de nosotros mismos, ¿entiendes?*

-*Mmm no, ¿qué significa carencia?*

-*Carencia significa que falta algo, en este caso herramientas o los conocimientos para surfear pero eso lo podemos solucionar, ¿confías en mi verdad?*

-*Sí.*- dijo decidido.

-*Genial, colega. En quince días me dan una semana de vacaciones y nos ponemos a ello, ¿vale?*

-*Vale,*- respondió con mucho entusiasmo y una fe inquebrantable en su padre- *y ¿podré tener mi propia tabla como la que tienes tú en casa?*

-Claro, Álex.- entre carcajadas- *Sólo un poco más pequeña, ¿okey?*

Alex asintió con su bailonga cabecita.

****

Luis, el director del colegio Asturias, se encontraba en su despacho perfectamente organizado. Los tonos marrones le daban un aspecto lúgubre que contrastaban con la pseudosonrisa de Luis que, por otro lado, era ya automática. Era un hombre de talla media y pelo pobre, podría pasar desapercibido en cualquier circunstancia. La puerta emitió tres golpes veloces con un volumen más bien escaso.

-¡Adelante!- levantando su mirada del escritorio- *¡Sarah! Mis condolencias-* Luis hizo un amago de levantarse pero finalmente permaneció en su silla- *ya me he enterado ¿cómo estás? Siéntate por favor.*

-Quería hablarte de eso Luis. Aún estoy en shock, me ha venido por sorpresa la muerte de mi padre y me preguntaba si quizás podría coger unos días para desconectar. Por encima de todo no quisiera que me afectara en mi trabajo. Estoy muy contenta aquí.

-Sarah - parecía que dos ganchos invisibles tiraban de las comisuras de los labios del director para dibujar una estridente sonrisa- *como bien sabes aquí somos los que somos, no tenemos mucho personal. Por otro lado tengo que decirte que no hace mucho he perdido a alguien cercano y me puedo imaginar por lo que estás pasando. ¿Me darías un par de semanas para hacer algunas entrevistas? No quiero que te sustituya cualquiera. Una profesora con tus cualidades-* terminó adulándola.

-Claro, Luis.- su voz reflejaba descanso y satisfacción- *No sabes cuantísimo te lo agradezco. Dos semanas-* repitió como una especie de formalización- *Gracias.*

Sarah terminó el día frente a su ordenador portátil buscando en internet los billetes de ida y vuelta a Londres. También telefoneó a su madre, hablaron, se consolaron y se dijeron te quiero.

Los sucesivos catorce días trascurrieron casi de forma mecánica, algún recuerdo melancólico, algún recuerdo animoso, algunos días donde la lluvia te cala y algunos días donde huele a la libertad con la que el viento sopla en el verano. Esos días se sucedieron con la sensación que tenemos todos alguna vez de no ser nosotros quienes vivimos sino que la propia vida se expresa a través nuestro. La esencia de que hacemos lo que debemos con un propósito último. Quizá debiera ser siempre así.

****

Por fin había llegado el día. Marta, la madre de Sarah, la llevaba en coche al aeropuerto.

-*¿Lo llevas todo?*

-*¿Pasaporte?*

-*Sí.*

-*¿Los billetes de ida y vuelta?*

-*Sí.*

-*¿Llevas el cargador del teléfono móvil?*

-*Sí, mama.*- respondió alargando las vocales finales- *No te preocupes.*

-*Vale, hija.*- dijo con un intento de auto relajarse- *Sólo una última cosa. Avísame, por favor, cuando llegues, ¿vale?*

-Sí, mama. Pero luego quiero estar algo desconectada, espero que no te moleste. Estas dos semanas me ha dado tiempo a organizarme muy bien el viaje y creo que me va a venir genial. Seguiré practicando para mi trabajo, meditaré y reflexionaré bastante. Quiero afrontar la muerte de papá con la madurez que a él le hubiera gustado.

-Bueno, de vez en cuando me llamas- Marta tenía una habilidad impresionante para escuchar, asentir y después ordenar. A veces resultaba gracioso y otras veces algo invasivo. En este caso las dos se contagiaron la sonrisa- *Dame un abrazo-* resolvió zanjando la conversación.

Sarah zarandeó la mano mientras su madre se alejaba en el coche y entró en el aeropuerto. Esperando el control de seguridad sintió una ilusión totalmente opuesta a las dos semanas anteriores. Se veía lúcida y alegre.

-Tarjeta de embarque y documentación por favor.

Sarah se lo entregó amablemente esbozando una sonrisa.

-Disculpe pero su pasaporte esta caducado. Así no puede viajar.

En ese instante se dio cuenta. Con la cabeza distraída estas semanas, ni se había percatado de observar la caducidad del pasaporte. Su semana de reflexión, su semana de descanso para intentar ordenar sus ideas después de la pérdida del hombre más importante de su vida, su semana de reencuentro con su amado Londres echada a perder. La impotencia hizo que brotaran las lágrimas mientras le devolvían el pasaporte, cogía su bolsa de viaje y volvía por donde había venido.

****

El día era plácido. Un sol cálido con una suave brisa. Álex y su padre se encontraban en la arena, mojados después de un chapuzón para probar la temperatura del agua. Los dos con sus respectivas tablas a su lado estiraban los músculos a la voz del padre.

-Ahora el cuello, Álex. Así en círculos- mientras exageraba el movimiento- *Tenemos un día espectacular pero recuerda que si el clima no acompaña hay que tener paciencia y esperar al momento adecuado. Aunque creas que sabes mucho las circunstancias tienen que ser idóneas. El viento, la marea, etc. Cuando estemos en el agua de igual manera no podemos coger todas las olas debemos esperar la apropiada, ¿entiendes?*

-Vale, pero...

-Dime. Pregunta, no te quedes con dudas.

-*Que las olas me van a empujar hacia la orilla, no tengo fuerza para llegar donde se pone la gente a esperar las olas.*

-*Te voy a enseñar un truco, Álex.*

Los ojillos del pequeño se abrieron expectantes y puso una mueca divertida con su rostro.- *Nos vamos a tumbar en la tabla como te expliqué antes y remamos hacia la ola. Justo antes de que llegue empujamos para sumergir la punta delantera de la tabla y después con el pie la parte de atrás. Es el mismo movimiento que haces con la cuchara cuando comes sopa. Así pasamos la ola por debajo. Ya verás, te va a salir genial.*

Los dos seguían hablando mientras gesticulaban energéticamente. Cuando de repente se oyó una voz desde el paseo marítimo.

-*¡Álex! ¡Hola!*

Capítulo 2 *Muladhara*

Álex, con una mezcla de trote y salto, se
dirigió a la barandilla que separaba el paseo
de la arena. Al otro lado se encontraba Sarah.
Después del chasco que se llevó al no poder
realizar el viaje decidió despejarse con un
buen paseo.

*-¡Hola profe! Nos ha dado clase un señor
mayor y nos dijo que ibas a estar de
vacaciones esta semana.*
El padre de Álex se acercaba por detrás de
este. Colocó una mano sobre el hombro de su
hijo y lanzó la otra hacia delante:

-Hola, soy Mateo el padre de Álex-
cogiendo, todo lo delicadamente que pudo, la
mano de Sarah. Su boca sabía a sal.

*-Encantada, soy Sarah. Doy clase a su hijo
en el colegio Asturias.*

-*¿Sarah? ¿La profe?*- su voz grabe parecía expresar asombro y al mismo tiempo placer.

-*Sí, ¿hay algún problema?*- dijo contrariada

-*No.*- Mateo descargó una sonrisa tranquilizadora- *Álex me habló de usted hace unos días y me imaginé alguien mayor, bueno de ti*- resolvió riendo nervioso.

-*Si mejor nos tuteamos*- contesto Sarah cayendo los dos en una corta pero intensa carcajada.

Álex seguía la conversación como en un partido de ping-pong hasta que se creó un silencio de milésimas de segundo que parecieron eternas. Esos segundos que tienen la capacidad de decidir hacia donde se dirige una vida o un encuentro. Con las dos manos ya sobre los hombros del chico, Mateo continuó:

-*Estamos dando unas clases de surf ¿verdad, Álex?*

Álex asintió con su bailonga cabeza velozmente.

-Y, ¿no te da miedo?- habló Sarah despeinando al pequeño.

-Para nada.-levantó el mentón todo lo que pudo- *papá me está enseñando un montón de trucos.*

-De acuerdo- entre sonrisas y ya dirigiéndose a los dos, siguió- *además tenéis un día espléndido, hay que aprovecharlo.*

-Es una maravilla vivir en esta ciudad tenemos costa y monte a la misma distancia, debemos estar agradecidos. A nosotros nos encanta la naturaleza.

-Yo soy un poco más urbanita. De hecho pretendía pasar esta semana en Londres pero he tenido un contratiempo de última hora y me quedaré aquí al fin y al cabo.

-Nosotros íbamos a hacer un descanso, ¿tomarías un té con nosotros aunque no sean las cinco?

-Acabamos de empezar, papá- interrumpió cuestionando.

-Me refiero a que necesitamos coger fuerzas antes de seguir enano...

Parecía que habían asaltado a Sarah aún con toda la cortesía del mundo y entre bromas. Pero Mateo era así.

Desde que falleció la madre de Álex se mantuvo dedicado al pequeño, era en lo que se enfocaba diariamente. Pero siempre que algo le atraía más de lo normal no dudaba un instante.

Confiaba en sus primeras impresiones y se había auto enseñado a fallar y aprender sin culparse por ello continuando siempre hacia delante.

Y ahora el cosmos le presentó a Sarah. Cálida, bella y con la suerte de que el sol la iluminaba de frente, se había formado el escenario idóneo para que dos personas crucen la primera de muchas miradas.

Ella, que nada buscaba, vio una actitud en Mateo tan segura, cercana y atractiva que le hubiera gustado aceptar. Quiso suponer que estaría divorciado. Aun así dijo con tono comedido:

-No sé, quizás en otro momento.

-Papá dice que no hay más que este momento.

Sarah soltó una carcajada y miró a Mateo levantando las cejas mientras este reía con una mezcla de orgullo y corte. No tuvo otra opción que relajarse completamente.

-En ese caso tomaré un café.

La profesora se sentó frente al chico y Mateo quedaba en su diagonal.

Con sólo rozar el asiento, Álex pidió permiso a su padre para volver a la arena y jugar hasta que él volviera. El entorno calmado de la cafetería era lo opuesto a su viveza.

-Sin meterte en el agua, colega.

La pareja se quedó con la mirada transversal mientras charlaban.

-¿No te vuelves loca trabajando con tanto crio?- comenzó sonriendo

-Para nada,- contestó devolviéndole la sonrisa- *me encantan los pequeñajos y aunque sean algo traviesos pienso que una clase es lo que el profesor hace con ella. Podemos decir que me ponen a prueba-* con esta frase Sarah se inclinaba hacia delante mientras sujetaba sus codos con las manos- *Mismamente Álex es un niño muy inteligente, debéis estar muy orgullosos su madre y tú.-* la dama urbanita buscó terminar a conciencia con esa precisa frase.

-Sí, es mi pequeño sabiondo, lo coge todo al vuelo y bueno...su madre falleció va a hacer cinco años. Pero estoy seguro que efectivamente sigue tan orgullosa de él como lo estoy yo.

-Lo siento mucho Mateo- dijo apenada con una palma de la mano abierta sobre la mesa que se reflejó como si la hubiera echado encima de alguien con quien la confianza aún es escasa.

-Tranquila. Era una médica apasionada, devota de Hipócrates. Hubo un atentado bastante grande en una zona muy conflictiva de Medio Oriente. Ella se ofreció junto a otros para ir a ayudar y bueno...aquellos diablos repitieron la acción no muy lejos y... después de aquello...

-Entiendo.-Manifestó rápidamente con la intención de detener el desarrollo de la semilla de una tristeza. Cuando ya hemos percibido el mensaje del otro es importante que lo dejemos claro para que la otra persona detenga el acto de entregar algo suyo y no se quede vacía. Los mejores regalos son los bien recibidos.- *Hace dos semanas perdí a mi padre, sufrió una insuficiencia cardíaca y sinceramente aún estoy en duelo. Desde pequeña crecí muy unida a él y... aunque no era un chaval pienso que se mantenía bastante joven y no había razones para que muriera ahora. Bueno ya sabes.*

-Pasé mi propio duelo hace algunos años. Estoy de acuerdo contigo. Pienso que realmente no hay razones para morir y, me cuesta un poco compartir esto por cómo te lo puedas tomar pero, tampoco hay excesivas razones para vivir.

-*¿Cómo?*- La cara de Sarah se transformó expresando una tremenda repulsión- *No estoy de acuerdo para nada. Mi padre tenía muchas razones para vivir. Era creativo, divertido y amaba con locura a mi madre. ¿Y qué me dices de tu hijo? ¿No es una razón para vivir?*

-*Álex es mi bendición*- respondió con una calma que hacía resaltar más la agitación de Sarah- *pero porque yo tenga un hijo la existencia no me debe nada.*

-*¿Estás diciendo que la vida de mi padre no vale nada? ¿Que vivió y murió sin sentido?*- casi se arrepintió de estar allí sentada.

-Está claro que tú le das sentido a la vida de tu padre y lo entiendo. Pero el problema es que utilizas su pasado para justificarlo. Olvídate del pasado, olvídate del futuro, sólo este instante merece ser vivido y que lo experimentemos. Mira, la misma muerte puede que sea lo único que dé sentido a una vida, ¿me explico? No son contrarios, son complementarios.

-¿A qué te refieres?- Algo más calmada, empezó a atisbar algo de sabiduría en aquellas palabras. Como si hubiera mucha más profundidad de la que se percibía a simple vista.

-¿Entenderías el uno sin el otro? Piensa en ello.

Había algo tan atrayente pero al mismo tiempo desafiante en aquel hombre. En la última media hora sacudió todos sus ideales y creencias como si nada. Además su suave tono de voz invitaba a perderse en aquel bosque de palabras.

De repente Mateo cambió su semblante como si saliera de un trance provocado por él mismo.

-Disculpa. Sarah. Quizá te he molestado. No es un tema para hablar al momento de conocerse, demasiado intenso para un encuentro improvisado. Pero digamos que he tenido mucho tiempo para reflexionar sobre ello- sonrió con moderación

-¡No hay nada que disculpar! Sinceramente ha surgido así, no le des más vueltas. A pesar de todo, la conversación me estaba empezando a gustar.

-¡Te invito a desayunar mañana! Esta semana yo también estoy de vacaciones y por las tardes se las quiero dedicar al enano pero por las mañanas estoy libre.

-¿Me estas pidiendo una cita Mateo?

Sarah se sonrojo, le bailaban las piernas bajo la mesa, su boca se secó y las manos comenzaban a transpirar. Mateo rio con bastante pudor y contestó:

-Ahora mismo tengo que dar una clase de surf me pillas mal de tiempo- hizo un amago de levantarse y volvió al asiento pero esta vez frente a ella- *Es broma. Es un desayuno. Las citas tienen connotaciones y expectativas que no quiero. Pero... no sé. Estoy muy cómodo aquí contigo.*

-Pues... Si. Vale.

Los dos intercambiaron sus teléfonos. Se despidieron con la idea de confirmar más tarde su ``no cita´´ de mañana. Sarah acompañó a Mateo para despedirse de Álex y los dejó continuar con las lecciones de surf.

Caminaba sin dirección con el ánimo repleto de vitalidad. Ya sólo pensaba en mañana, en ser ella, en mostrarse sincera y atractiva. Mateo le gustaba pero, ¿qué tipo de atracción sentía? ¿Era deseo sexual? ¿Tal vez admiración por su forma de hablar? La cuestión era que disponía de lo que quedaba de día para tranquilizarse y asentar unas bases sólidas de quién era ella para presentarse mañana de forma íntegra.

Nuestro objeto de deseo, hacia donde miramos al despertar, probablemente no sea más que el resultado de millones de consecuencias. Aun así la persona que pierde la determinación de querer remar a favor de su vida puede decir que ha muerto. Y Sarah estaba viva, hoy más que nunca. No obstante tenía continuos pensamientos recordando a su padre que desembocaban en emociones a veces no muy agradables. Se dispuso a escribir un mensaje a Mateo concretando el lugar y la hora para el día siguiente cuando recibió un mensaje:

``Hola Sarah. Me ha surgido un imprevisto. Por la mañana estaré ocupado. ¿Podría invitarte a comer? Conozco un sitio excelente´*

Era el momento perfecto para zanjar todo aquello. ``El padre de un alumno´´ pensó. En realidad estaba algo insegura pero era incapaz de verlo. Los mensajes siguieron llegando:

``Por cierto, ¿te gusta leer? Tengo un libro que quizá te ayude con el tema de tu padre´´

Sarah contesto automáticamente:

``Hola Mateo. Me encanta leer. Cambiamos desayuno por almuerzo. Sin problema´´

Parecía que era el empujón que le hacía falta.

``El restaurante se llama Mejor con reserva. Está en la avenida del Lido. ¿A la una te parece?´´

``De acuerdo. Hasta mañana entonces. :)´´

Se miraba al espejo dejando que el color castaño claro de su pelo mantuviera toda su atención como en una meditación mientras el sonido de la ducha de su vecino armonizaba todo su piso.

Buscó qué la hacía única. ¿Su cabello? ¿Su profesión? ¿La tristeza de una pérdida? ¿El miedo a morir o a que alguien muriera? Al intentar profundizar siempre se estancaba ahí, el resultado de sus pensamientos solían llegar a su padre. No quería que se hubiera ido y no podía hacer nada.

Mateo intuyó que le costaría dormir así que se sentó a observar su respiración un rato. Eran sus ``trucos´´ o ``herramientas´´ como él decía. ¿Qué le llamaba de Sarah? De que era muy hermosa no tenía duda. La imagen de su rostro se mantenía intacta y constante. Pero al mismo tiempo poseía un aura distinta, la envolvía un misterioso aroma de sencillez y libertad. No hay que tratar de descubrir todos los porqués, tan sólo vivir dejando actuar a la vida mientras nos los muestra con su sabiduría suprema.

Esa noche Álex soñó con olas. Olas gigantescas que sin saber cómo había conseguido surcar. Luego le sucedió la imagen que tenia de su madre en la misma cafetería donde Sarah, su padre y él habían estado esa tarde, sólo que esta vez su madre y él estaban solos.

Capítulo 3 *Svadhisthana*

Dos copas, dos platos y un libro. *El libro de la vida* de *J. Krishnamurti.* La estampa de la pareja podría enmarcar el concepto de cita romántica, por suerte no lo era. Mateo se disculpó y le explicó que le hicieron pasar por la oficina de su jefe para firmar unos documentos. Deslizó el libro sobre la mesa comentando:

-Me encanta Krishnamurti. Puede que te sea útil.

-Sí, al final lo que queda es aceptarlo y seguir adelante.

-Eso es.

-Lo que no consigo es dejar de pensar en ello, no sé a lo mejor necesito más tiempo.

-¿Sabes cómo atravesamos las olas cuando nos vienen de frente y queremos avanzar?

-¿Cómo?

-Nos deslizamos por debajo. Así podemos verlas pasar pero no nos arrastran. Es mejor observarlas que intentar pararlas. Pues con los pensamientos sucede lo mismo.

La profesora se alegró enormemente de haber ido a ese encuentro y sonrió con la mayor gratitud que pudo ante esas palabras. Él continúo:

-Pero bueno hoy nada de conversaciones densas. Pidamos. Aquí la carne a la piedra es espectacular.

-No como carne- dijo como en un susurro.

-¡Bien, Mateo!- hablando para sí mismo con tono irónico.- *¿Pescado?*

-Sí, eso sí.

-Te recomiendo el atún rojo.

La comida se sucedió entre preferencias musicales y una terrible pronunciación del Inglés de Mateo que él mismo exageraba para provocar la dulce risa de Sarah. El plan de la tarde era ir al cine con Álex, y Sarah rehusó la invitación porque quería pasar tiempo con su madre. Todavía quedaba tiempo para una charla de caminata por la costa.

-Mira, Mateo. ¿Ves esa ave? Me fascina cuando se mantienen en el aire sin mover las alas. Creo que se deben sentir una con el universo, ¡cómo me gustaría sentir eso!

-¿Te refieres a volar?

-No, no, a esa ligereza de unidad pacifica que desprenden. No sé si me explico. Las veo en equilibrio con todo.

Mateo era un buscador de ese equilibrio con el todo desde hacía varios años. Como él decía buscaba ``el Ser único´´. Y al decir esto Sarah, sintió que eran exactamente iguales pero que se expresaban de forma distinta. Como el reflejo que hacen dos espejos con distinta superficie.

-¿Te gusta el tema del universo entonces?

-Después de los idiomas, concretamente el inglés, el universo, las galaxias y todo eso, es mi segundo tema favorito. Leo bastante sobre el tema. ¡Ahora que lo pienso! Si a ti también te gusta podría prestarte yo un libro sobre el tema. Para compensar la balanza.

-Me parece una idea genial.

Esta vez hubo dos besos en la despedida y la mano de Mateo sobre el hombro de Sarah parecía generar electromagnetismo. Las miradas sin duda hablan pero el mínimo roce consciente desencadena sabiduría directa a nuestro intelecto. Los dos percibieron la sutil sensación que les atraía, instantes que de ser sanos y libres terminarían de forma muy distinta. No precisaron cuándo o de qué manera se verían de nuevo, sin embargo se originó la raíz del deseo entre ambos.

****

Marta preparaba la cena en su clásica cocina blanca con florales motivos en algún azulejo disperso hablando de Pedro mientras su atenta hija preguntaba con fervor sobre los pequeños detalles de tiempos pasados:

-Y...después nací yo ¿verdad?

-No, que va. Nuestro primer año de casados cambiamos de trabajo y nos mudamos dos veces. Fue un caos. No sé cómo lo hacía, pero tu padre siempre veía el lado positivo de las cosas, yo era un poco más pesimista y él sabía motivarme. Pienso que un hombre debe ser templado y no arrastrarse por emociones esporádicas. Fue siempre tan bueno conmigo...

-He conocido una persona así. Hay algo entre nosotros pero es todo como una especie de sueño abstracto. Él es el padre de un alumno y me siento muy confundida. En realidad nos hemos visto dos veces. No sé, es una locura.

-Intenta no darle muchas vueltas. Lo que tenga que ser será. ¿Está la mesa puesta?

-*Sí, sí.*- no era el consejo que esperaba pero había aprendido a tolerar a su madre y su disimulada autoridad. Aunque cabe resaltar que Marta no tenía malos propósitos, todo lo contrario. Pero así como el olivo no ofrece naranjas, el fruto de una persona lo definen más sus intenciones que sus acciones, sobre todo para sí mismas.

De manera instintiva Sarah cogió el teléfono para escribir a Mateo:

``*Si quieres desayunar mañana te puedo llevar el libro*´´

Totalmente acalorada se desesperaba mirando cada dos segundos la pantalla de su Smartphone esperando una respuesta. Ya en la noche, llegó:

``*Hola, estuve con el pequeño viendo una película y luego nos entretuvimos con unas máquinas de videojuegos. Lo pasamos pipa!!! Bueno esta vez escoges tú el sitio, ¿te parece?*´´

Sin saber por qué, de forma inconsciente, otra vez volvió a ensombrecer su entusiasmo con los fantasmas del abandono, del miedo a la perdida, del rechazo. A demás cada vez que sentía ilusión con Mateo experimentaba una profunda sensación de malestar al seguir triste y taciturna por la muerte de su padre. Casi sin pensar escribió:

``*Mateo lo he pensado mejor y prefiero que no nos veamos mañana. Aún no me veo preparada para conocer a nadie. Un abrazo´´*

``*De acuerdo Sarah. Espero de corazón que te llegues a encontrar mejor. Si necesitas cualquier cosa cuenta conmigo´´*

Álex miraba la televisión cuando giró su cabeza para encontrar el semblante de su padre algo mustio.

-¿Qué pasa, papá?

-Nada, hijo. Estaba recordando una cosa.

-¿Recordabas a mama? Ayer soñé con ella. No me acuerdo de todo el sueño pero fijo que llevaba puesta la camisa que mi profe Sarah tenia, la de color naranja. ¿Te gusta Sarah?

-¡Que dices, tío! Es tu profe, ¿cómo me va a gustar?- el reciente rechazo de esta hizo que Mateo no quisiera crear expectativas en la mente del niño. Desde luego que no era la verdad pero solo quien sufre y ama puede elegir cuando usarla y cuando no.

****

Marta y Sarah terminaron viendo un programa en el salón. Quiso quedarse esa noche en la casa de sus padres, pasar un tiempo con su madre y olvidarse del tema ``Mateo´´. Haciendo zapping aparecieron unos delfines en pantalla, un documental sobre la comunicación de estos.

-¿Recuerdas cómo te gustaban los delfines? Pasabas horas recortando fotos suyas.

Sarah los miraba con asombro y admiración. El narrador dijo: ``*El lenguaje de los delfines va más allá de las palabras como podríamos pensar. De hecho estos animales utilizan todo su entorno para comunicarse, golpes de la cola o la aleta en el agua e incluso el tacto*''. Pensó en Mateo, mientras su cabeza se templaba. En como sus palabras llegaban a calar en su interior, volvió percibir una atracción desmedida hacia él. Aunque si le escribía ahora pensaría que era una niña caprichosa y no era esa la imagen que quería dar. Pero, como la imagen que perciben los demás escapa a nuestro control, lo más saludable es no pretender ser nadie, no interpretar ningún papel. Se hinchó de valor:

``*Vas a pensar que estoy loca pero no puedo dejar de pensar en tí*''-escribió.

``*Sarah, quiero descubrir por qué razón el universo ha hecho que nos encontremos. ¿Te sumas a esta pequeña investigación?*''

``Hay una cafetería frente al colegio se llama La Tahona. Desayuno allí a menudo. 9:30 ?''

``Estupendo. Acuérdate del libro''

La sonrisa de Sarah hacia que su madre estuviera tranquila. Con una voz serena y ya con algo de sueño pregunto:

-`` ¿Estás cómoda hija?

-``Más que nunca''

Capítulo 4 *Manipura*

Los miércoles son un día más para el sol. Sale, brilla todo lo que puede y se pone. La luna espera hasta ese último proceso para empezar a sentirse importante, como si fuera ella quien da luz y nos alumbra. Nuestra enana amarilla presta su brillo y no le quita protagonismo, permanece silenciosa y llena de bondad sin esperar nada a cambio.

Sarah amanece con la energía rebosante. Todas sus exparejas tenían algo en común, habían sido una mala elección. A menudo vigilaba recuerdos fugaces, casi siempre bonitos, con el propósito de encontrar el momento preciso en que esas relaciones comenzaban a hacer aguas. No hallaba más que días que derivaban en otros días. Como conclusión una única idea: faltaba brillo.

****

Llegó puntual. Escogió la ubicación mirando hacia la puerta para observar cuando llegaba Mateo. No se hizo esperar, abrió la puerta buscando con la mirada por todas las mesas y al verla hizo una mueca semejante a una sonrisa granuja con la que parecía decir ``ayer me asustaste´´. Tras los dos besos, él propició un abrazo. No un abrazo cualquiera, era uno de los que reconfortan. Ella desvió rápido la atención.

-Mira. Este era el libro. Confío en que te guste.

-Déjame ver. Cosmos de Carl Sagan. He oído hablar de él. ¿Es tan bueno como dicen?

-Es mi libro favorito. No puedo ser muy objetiva.

Los dos rieron y fueron calmándose el uno al otro.

Se notaba que había química entre ambos pero, ¿cómo no juzgar cada palabra del otro, cada gesto a través de sus propios filtros, dejando que se desarrolle todo con naturalidad? Era una constante batalla interna para los dos.

Mateo habló de su trabajo, de cómo le permitía tener tiempo para leer cuando la cosa estaba tranquila. También le habló de su búsqueda interior. Una búsqueda implica desplazarse hacia un hipotético caso donde encontraremos aquello que ansiamos. En su caso el Ser único.

-¿Qué significa el Ser único?

-Verás. He llegado a una deducción. Desde que nacemos acumulamos alimento para desarrollar nuestro cuerpo y acumulamos ideas y emociones para crear nuestra personalidad y poder enfrentarnos al mundo. Pero tras ese ser se encuentra el otro Ser, al que yo me refiero. El Ser que tiene todas las posibilidades pero no está condicionado por ninguna, un Ser inmutable e imperecedero. Un Ser que todos compartimos. El Ser único.

-Pareces un místico contemporáneo- dijo asombrada y algo perdida.

-Sí,- contestó riendo- *el vigilante filósofo. A veces esta búsqueda me da buenos momentos pero otras veces se me hace una carga pesada.*

-Entiendo. La realidad a veces...se hace pesada. Respecto a lo que hablamos el primer día que nos vimos, sobre las razones para morir o vivir, le he estado dando vueltas.

-*Cuéntame*- No podía esconder su expectación.

-*Verás*- expuso con un leve tono de risueña imitación- *yo también he hecho mis deducciones. Aunque sea de forma muy superficial he tenido la sensación de reconocer una sabiduría que parece regularlo todo, que hace a la sangre ir siempre en la dirección correcta, que sostiene a las aves en el cielo, que halla la manera de que todos los animales se comuniquen y que no hace ninguna distinción entre la vida y la muerte. Y mi padre...la muerte sólo le da mayor intensidad a su vida. Lo noto más vivo que nunca.*

-*Y esa sabiduría, ¿crees que ha hecho que nos encontremos?*

-*¿Qué si no?*

La conversación fue tornándose de manera orgánica en meras trivialidades. Las cosas cotidianas que realmente crean los cimientos de nuestra vida pero que a menudo pasan desapercibidas.

-Me encantaría abrir mi propia escuela de idiomas. En el colegio me tengo que regir siguiendo un programa arcaico y enseñar debería ser algo vivo y adaptado a cada alumno.

-Deberías hacerlo, Sarah. Te brillan los ojos cada vez que hablas de tus alumnos. Y me gustaría ver ese brillo iluminando todo el tiempo que pueda.

El corazón de Sarah latía con pulso acelerado cuando Mateo recibió una llamada de teléfono.

-``Hola. Me gustaría hablar con Mateo, el padre de Álex. Soy Luis, el director del colegio Asturias.´´

-``Sí, soy yo ¿hay algún problema con Álex?´´

-``Si tiene un hueco me gustaría hablarlo en persona con usted.´´

-``Hoy pensaba recoger al chico a la salida, ¿le parece bien que vaya un poco antes para verle a usted?´´

-``De acuerdo, estaré en mi despacho. Buenos días´´

Mateo colgó el teléfono algo preocupado y se dirigió a Sarah:

-Era el director del colegio. Quiere hablar de Álex, ¿tú sabes algo del tema?

-Pues no, la verdad. Álex es un chico muy vivo en clase y nunca me ha dado ningún problema salvo las pequeñas distracciones de todos los niños. Tranquilo, seguro que no es nada. Será algo rutinario en cuanto a las reuniones con los padres. Luis sigue el programa que le llega al pie de la letra.

Muchas veces guiados por el miedo creamos una atmosfera de soberbia. De que cada uno y cada una es algo más que el otro o está en una posición superior y tiene la necesidad de demostrarlo. Así vivía Luis.

En el momento que la figura de Mateo irrumpió en su despacho se vio amenazado por la templanza y la humildad de este. Y cuando la amenaza es real estas personas huyen pero al ser ficticia atacan.

-Mateo, siéntese por favor.

-Dígame, ¿le ha pasado algo a Álex con algún compañero o algo así?

-Para nada. La cuestión es que varios de sus profesores me han informado de que los últimos cuatro viernes a faltado las tres primeras horas y no ha presentado justificante alguno. ¿Hay alguna explicación para esto?

La mezcla de asombro y miedo era máxima para Mateo. Mil ideas locas pasaron por su cabeza en milésimas de segundo. También mil soluciones. ¡Tres horas! ¡Durante un mes! ¿Qué clase de broma era esa? Se sentía unido a su hijo y jamás habría podido imaginar nada parecido.

-¿Está usted hablando en serio?

-¿Le parece que bromeo? Es más si continua sucediendo esto me veré obligado a expulsar a su hijo.

-Bueno, déjeme hablar con él. Averiguaré que está pasando. No se precipite por favor, usted parece un hombre razonable.

-No intente alagarme ni intente ofenderme. Tanto una cosa como la otra las detesto.- dijo con tono tranquilo y arrogante.

Nuestro vigilante filósofo parecía ahora un toro embravecido dispuesto a embestir todo por delante.

Gracias a la providencia recordó una frase que le acompañaba desde hacía años: ``*Quien te enfada te domina''*. Por lo que ratificó al director su intención de solucionarlo y se despidió.

La ira pasó a través suya dándose cuenta cómo aquel hombre había removido con palabras todo su interior, toda su química interna se disparó. Aunque negativa, era una prueba más de una sutil conexión que nos ata a todos.

Tenía que existir una explicación. Decidió darle un voto de confianza a su hijo así que esa tarde actuó como si nada. Durante la cena intentó utilizar su ingenio.

-Oye, Álex, ¿tú confías en mi verdad?

-Sí, papá.

-Me refiero a que si hay algo en lo que te pueda ayudar puedes contar conmigo ¿vale? Debemos ser sinceros el uno con el otro. -el niño asintió con su rostro de forma muy lenta.

Capítulo 5 *Anahata*

Se urdió un plan en la cabeza de Mateo. Si Álex le había estado mintiendo, al preguntarle directamente podría engañarle otra vez y no llegar a saber dónde se metía esas tres horas cada viernes. Llamó a Sarah a la mañana siguiente:

-``Hola, Sarah.''

-``Hola. Cuéntame, ¿todo bien con Álex?''

-``Al parecer Álex ha estado faltando a clase los viernes las tres primeras horas y no tengo ni idea de donde puede ir.''

-``Vaya, ¡qué me dices! Justo los viernes no doy clase a los de su curso. Y él, ¿qué te ha dicho? ¿no le has preguntado?''

-Mira, tengo la impresión de que si le pregunto no va a ser sincero y quería pedirte ayuda porque se me ha ocurrido la manera de averiguarlo. ¿Podrías venir a mi casa y te cuento?

-Claro, Mateo. Lo que sea.

Aunque el motivo de la visita disipaba cualquier otra intención, la sensación de que visitaría a Mateo en su propia casa le causó bastante nerviosismo. El abrazo que esta le propició duró algo más que el del día anterior. Después la invitó a sentarse.

-¿Quieres tomar algo?

-Agua está bien, gracias.

No pudo dejar de escudriñar todo el salón palmo por palmo. Todo estaba en su sitio y parecía que los objetos se habían posados ellos mismos en su lugar creando un claro ambiente de extrema sensibilidad. Los matices verdes inspiraban aquella estancia. Se fijó en un pequeño buda tallado en madera y lo tomó en sus manos con delicada observación. Mateo volvía ya con el agua.

-Es un regalo de uno de los clientes del parking. Un señor jubilado que tenía afición por la ebanistería. Sabía que me gustaban los temas espirituales por algún libro que me vio en la garita y un día se presentó con esto. Hace tiempo que no le veo, parecía un buen hombre.

-Realmente es muy hermoso. Pero cuéntame-devolviendo la figura a su lugar, al único lugar que podía ocupar- *¿qué vas a hacer con Álex?*

Con toda la amabilidad que le caracterizaba, Mateo se acercó a ella para crear un ambiente íntimo.

-Si ha estado faltando de forma continua, he de suponer que mañana también lo hará, así que a primera hora lo acompañaré al colegio y esperaré por allí cerca para ver qué hace. Te quería pedir que me acompañaras. No sé por dónde va a salir esto pero tu presencia me calma bastante y también porque cuatro ojos ven más que dos.

-Mateo, relájate. Mañana comprobaremos que no es nada. Una travesura de críos nada más. Desde La Tahona se ve perfectamente la entrada del colegio. ¿Nos vemos allí?

-Sí, perfecto. Muchas gracias, Sarah, de corazón. Es una suerte haberte encontrado estos días.

Se había creado una confianza entre ambos que no era común y hacia aflorar en Sarah una compasión tan intensa que por momentos le mostraba la evidencia de una existencia infinita donde no tenía cabida el tiempo, y el espacio se moldeaba entre ambos con la gravedad que tan sólo el amor puede engendrar.

Quien te da alas te hace echar raíces y esto no podía ser más evidente para los dos.

****

Al día siguiente tras acompañar a su hijo hasta la puerta del colegio, volvió sobre sus pasos con la intención de hacer evidente su marcha. Pero en cuanto tuvo ocasión se escabulló entre algunos vehículos para cruzar de acera y entrar velozmente en La Tahona. Sarah y él no le quitaban el ojo de encima a la entrada del colegio. Al momento salió Álex con su mochila a la espalda y un paso ligero.

-¡*Vamos!*- dijo Mateo con voz firme.

Le seguían a una distancia prudencial para no levantar sospecha. No recorrieron más de dos manzanas cuando Álex se detuvo en una parada de autobús.

-Va a coger el autobús. Es la parada del número doce. ¿Qué hacemos?

-Espérame aquí, Sarah. Voy corriendo a por el coche. Lo tengo cerca del colegio.

Lo más rápido que pudo recogió a la profesora mientras el bus llegaba. Él conducía con bastante tensión en tanto que ella observaba atenta que el niño se bajara en alguna de las paradas. Llegando al hospital, salió del transporte.

-¡Se ha bajado! Se dirige hacia la puerta del hospital.

Dejaron el coche en el aparcamiento y se apresuraron para entrar en busca del pequeño.

-¿Crees que le puede suceder algo?- la voz de Sarah denotaba cierto temor.

-No puede ser, de ninguna manera. Aquí trabajaba Esmeralda, me conoce todo el mundo. Creo que me hubieran avisado si le pasara cualquier cosa a Álex.

Caminaban por los pasillos ágilmente cuando se encontraron de bruces con uno de los médicos conocidos de Mateo.

-¡Mateo! ¡Qué alegría verte!

-José, estoy buscando a Álex. Ha entrado justo delante de mí, ¿lo has visto?

-¡Qué hijo más puntual tienes! Seguro que ya está en la sala Esmeralda.

-¿La sala Esmeralda? ¿Qué sala es esa? ¿Y qué hace mi hijo allí?

José sonrió condescendiente:

-Será mejor que lo veas tú mismo. Acompáñame.

Al llegar a la puerta de la sala Esmeralda los dos se asomaron por el ojo de buey con máximo interés. Dentro, una larga fila de niños de distintas edades terminaba en Álex quien, frente a ellos, aguardaba uno tras otro para regalarles un cariñoso abrazo. Los ojos de Sarah y Mateo comenzaron a humedecerse. La voz de José se acercó suave y calmada.

-Me encontré con Álex hace algo más de un mes. Casi no le recordaba, estos críos cambian tan rápido, pero el vino hacia mí. Me comento quién era, habló sobre una especie de trabajo escolar y me preguntó cómo podía ayudar aquí. En un primer momento trate de quitarle la idea de la cabeza, no sé muy bien porqué, me parecía que quizás me iba a suponer más trabajo, esas cosas idiotas que pensamos a veces, pero me vino a la mente el recuerdo de Esmeralda y su entrega, y entonces le dije que podía visitar a los niños que había en esa sala, que habilitamos hace un par de años como ludoteca. Hemos decidido ponerle el sobrenombre de tu mujer, desde que Álex anda por aquí se respira la misma atmosfera que cuando estaba ella. Supuse que tú estarías al corriente, disculpa Mateo.

-No importa, José. No hace falta que te disculpes. Pero, ¿esto de los abrazos ha sido idea suya?

-Al principio charlaba y jugaba con ellos. Cuando se dio cuenta que todos tenían alguna molestia, dolor o tristeza, paso algo increíble. Además de jugar con los chiquillos y chiquillas, les habló diciendo que cualquier cosa mala que les pasara si le daban un abrazo, él se la podía llevar para que se encontraran mejor. No te lo vas a creer pero desde ese momento empezamos a ver una respuesta más positiva en los pequeños.

Al terminar, Álex salió por la puerta y chocó con la mirada de su padre, se echó a llorar al tiempo que Mateo se aproximó para consolarle. Aspiró todo el sufrimiento del chico y proyectó todo el cariño que pudo en sus palabras:

-Hijo, ¿por qué no me comentaste nada de esto?

Capítulo 6 *Vishudda*

La mies es mucha más la verdad es efímera. Esto es así ya que la intención de una palabra la define más que su significado. El vestido de Sarah era de color azul cielo que resaltaba por los pálidos pasillos, pero la emoción la arropaba más que nada. Álex, totalmente desprendido, se llevaba la tristeza y el dolor de aquellos niños y solo respondía con una sonrisa amable. Vio a Mateo algo superado por la situación, cogió la mano del chico y se sentó junto a él en uno de los banquitos del hospital. Descentrado, el padre, permaneció en pie.

-¿Por qué no hablaste con tu padre, Álex? Esto que haces es muy bonito estoy segura de que a él le habría encantado la idea y buscaría los momentos para poder venir sin faltar al colegio.- el brazo de Sarah achuchaba al chaval hacia su costado.

Permanecía en silencio, tímido y algo mustio, cuando Mateo se acercó frente a su hijo y le acarició la nuca.

-Háblame, Álex, ¿a quién se le ocurrió esta idea?

-A mamá.

Surgió el silencio interno en todos los allí presentes. Tan sólo el murmullo de los niños de la sala Esmeralda acompañaba ese momento. La voz temblorosa de su padre pronunció:

-Explícate, hijo. Hazme el favor.- Las palabras sonaban como la súplica de un hombre sin fuerzas. A veces rendirse abre puertas, a veces abrir el alma es un acto de devoción.

-Bueno...en realidad pensé en ti para lo de los abrazos, papá.- Sarah, inmóvil, escuchaba.- *¿Recuerdas la historia que me contaste sobre cuando mamá te enseñó a abrazar?*

-*Sí, cielo.*- Sus cuerdas vocales sonaban algo más templadas.

-*Y, ¿te acuerdas que te dije que a veces sueño con ella?*- Mateo asintió.- *Hace ya algunas semanas, no sé, era como en un cine y estaba con ella. Decía: ``No pienses en luz, ni hables de luz, sé una luz para el mundo´´. Cuando desperté recordé lo que siempre dices papá, ``que la ayuda que mamá prestaba era una luz para el mundo´´. Y tenía miedo de que pensaras lo mismo que Luis.*

-*Ya hemos hablado mucho sobre el miedo Álex... pero ¿Luis? ¿tu director? ¿qué tiene que ver en todo esto?*

-*Le pregunté que si podíamos hacer alguna excursión para ayudar a personas y me dijo que eso no estaba en el programa del curso, que me preocupara de estudiar.*

-Si alguna vez alguien vuelve a no prestarte atención cuando quieras ser de ayuda, recuerda que tú estás en lo correcto. El río no bebe su propia agua, ni las montañas se dan sombra así mismas. Servir es ir a favor de la existencia. Dame un abrazo de esos anda.- la sonrisa descansó en su rostro.

Mateo prometió a José llamarle para organizar la iniciativa de su hijo de tal manera que no perdiese ninguna clase y se despidieron. Llevaron al pequeño para que terminara el día en el colegio. Y después de una larga charla con Luis, logró que olvidara todo aquel embrollo con la garantía de que no se sucediera más de ninguna manera.

La pareja volvió a La Tahona y se sentaron como si fuera el final de una larga batalla. Se miraban cómplices esbozando una sonrisa que termino en un estallido de carcajadas que parecía liberar todo el estrés acumulado durante el día.

Recuperando el aliento y después de pedir dos cafés para a continuación rectificar por dos manzanillas, Sarah preguntó con mucho interés:

-Oye, Mateo, disculpa la pregunta. No sé si es muy personal pero, ¿a qué se refería Álex cuando dijo que su madre te enseño a abrazar?

   -No, tranquila- respondió este de buen humor- *Pues verás, cuando conocí a Esmeralda yo era una persona bastante fría. No insensible, todo lo contrario. Pero a la hora de demostrar afecto era un desastre, tenía un montón de complejos. Al principio cuando me abrazaba, yo permanecía estático. Casi podía sentirse mi nerviosismo a un kilómetro de distancia. Y ella... me daba unas instrucciones muy hermosas. Decía: ``Suelta los brazos, relájate. Y ahora deja que ellos me abracen solos´´ y cuando le di el primer abrazo de verdad fue una autentica liberación, se llevó de un plumazo mucha de esa pesada carga que todos llevamos. Se lo conté al chico y se quedó con ello, ya sabes lo despierto que es.*

La profe totalmente expectante estaba henchida de una ternura desbordante que le trajo el recuerdo de sus padres. Notaba el tacto del vestido en el cuerpo mientras escuchaba. Fugazmente, deseó que el presente no terminara nunca y sin saber muy bien porqué deslizó su mano sobre la mano de Mateo y le besó.

Un abrazo vale mucho más que un beso. Aunque este último se ha hecho mucho más popular. Cuando abrazamos no tenemos todo el control sobre el tiempo, la intensidad, etc… ya que nosotros también somos abrazados. Es por eso que el beso es lo común, podemos incluso lanzarlo y no acercarnos a los demás (quizá sea hora de cambiar). Pero el beso que allí aconteció es una excepción, un raro espécimen. Dura el tiempo exacto para acariciar la eternidad con la yema de los dedos y tiene la fuerza justa para que unos labios se acomoden en otra boca como si fuera la propia.

-Sarah, quiero que cenemos juntos. Solos. Sin nadie más que...

-En mi casa-interrumpió casi como una revelación.

-Acepto. Con una condición: cocinamos juntos.

-Hecho, Mateo.

El sábado se sentenció como el día con la equis en el calendario. Álex se quedaría en casa de sus abuelos. Acordaron no verse más hasta entonces. Sarah quería pasar el siguiente día con su madre.

Al despedirse los dos reconocieron ese perfume suave de enamoramiento y se hubieran dicho ``te quiero'' ``te amo'' y un millón de cosas más si la única verdad en ese instante no la ensombreciera una mente cautelosa.

La mente se desarrolló con el único objetivo de resolver problemas, por eso los buscara constantemente, es su particularidad. La verdad germina en el jardín de tu pecho, junto a aquello que empezó a latir antes que nada.

Capítulo 7 *Ajna*

La frontera que delimita dos opuestos es la que adhiere uno a otro de una forma inquebrantable. Pero así como esta línea de separación es ilusoria, lo que separa la realidad de la fantasía es invisible, digamos inexistente para la existencia. Los sueños suelen ser tan reales como la ensoñación de nuestra vida diurna. Revisa pues como la mayoría de los conflictos de la noche y el día ocurren en el mismo entorno, tu mente. Nada ocurre fuera.

Sarah despertó esa noche frente a su padre en una de esas ensoñaciones donde se siente y percibe más que en nuestros días de ojos abiertos y bombardeo de estímulos externos. Parados e inmóviles, él habló:

-*¿Sabes el dolor más grande que tengo?* Sarah permanecía expectante.- *Que el ``yo´´ que ves no es el ``yo´´ que Soy.*

-Y tú no ves el ``yo´´ que soy yo... Se apresuró ella a contestar casi como una réplica inmadura.

-¡Oh, yo sí te veo!

No son las palabras de lo que desconfiamos o en lo que creemos. Solamente cuanto de nosotros vemos reflejado en el otro es lo que le da forma a una verdad. Y Sarah creyó en esa afirmación con todo su ser y preguntó:

-Y el ``yo´´ que muestro ¿se parece al ``yo´´ que Soy?

-Sí, pero...- Afirmo sonriendo con ternura- *quieres planificar tanto, anticipar tanto...*

Pedro hizo un gesto para que ella se acercara. Sarah apoyó la cabeza en su pecho y se dejó cubrir por sus brazos, mientras su padre parecía canturrear una suave melodía y una lágrima se abría paso, suavemente, en la mejilla de este como un acto de sublime compasión.

Hay dos grandes enfermedades para el ser humano: una es el exceso de pasado y la otra el exceso de futuro.

Sarah amanece.

En ese momento se curó de cualquier mal. Todo lo que había era presencia. Una presencia sin fronteras que la mantenía cerca de todo y de todos. Su padre, desde aquel singular sueño, la desprendió de las cargas, de los planes, de identificarse con su mente.

Era, sin duda, un ser más pleno, más despierto y unido a la vida. No habló, no pensó, no se movió. Todo lo que había era presencia.

La sobrecogió una efímera pero intensa revelación. Su padre no podía morir. Ella nunca lo olvidaría, su madre nunca lo olvidaría y la tierra, donde crecería un joven ciprés, nunca lo olvidaría. Puede que la muerte solo fuera el nombre para cuando llega algo tan inhumano como el olvido.

¿Hemos probado ya a olvidarnos de la muerte, recordando permanentemente quiénes somos? El cosmos no hace distinciones entre vida y muerte. Es una de sus tantas transiciones. Olvidemos la línea convexa que dibujamos para explicar la vida, originando a su vez su opuesta.

****

Avanzada la tarde, Mateo ya se encontraba en el salón del piso de Sarah. Azules suaves y blancos opacos construían una estancia amable y humilde. Ella, esplendida sin arrogancia, trató de compartir todas las sensaciones que el sueño le había concedido. Y él se perdía en palabras, que de no estar atento sonarían lejanas e inaccesibles, pero lo que decía sonaba y resonaba cercano y familiar. Tras la intensidad del relato, Sarah se levantó para coger algo de beber para los dos. Estaba entusiasmada, quería hablar de todo, pero al volver Mateo tenía la mirada perdida al fondo de la habitación:

-He pensado en algunas recetas para hacer juntos. Por ejemplo...

*-Sarah,-*interrumpió de forma abrupta- *¿esa caja es de madera? Parece de ciprés, de la misma madera que la pieza de buda que viste en mi casa ¿recuerdas?-* Se levantó haciendo un gesto con las manos como pidiendo permiso para ir hacia el pequeño cofre a lo que Sarah asintió. La tomó en sus manos palpándola para notar su tacto.

La voz más sincera del mundo sonó:

``No busques. Todo está presente´´

Se desvaneció en su interior algo parecido al castillo de naipes que había construido durante tantísimo tiempo. Cada carta de esa torre significaba algo. Algo que delimitaba y acotaba su percepción de la realidad llevándole a enredarse una y otra vez en palabras, en definiciones, en algo que encontrar o ser buscado omitiendo que el encuentro con la verdad última, con el Ser único, está siempre presente.

Nada que añadir.

Nada que modificar.

Nada que buscar.

-Sarah, ¿te puedo abrazar?

-Por favor.

Se dejaron ser. Sin nada que hallar. Sin expectativas. Tan solo la pura presencia de uno más uno. Y como dice una antigua canción: ``Esa noche se desbocó la primavera, la noche entera.´´

No hubo guisos ni ensaladas. Pero, ¿qué comer para saciarse? Se omitieron los cubiertos, los modales y las copas. Usaron las manos y las bocas. Los cuerpos reflejaban el deseo del otro y, como si se tratase de una fuga de Bach, se perseguían con desbocados labios y con manos examinadoras. Orbitaban alrededor de una hoguera hecha de sabanas arrugadas. Olvidaron darse tregua. Se cuidaron hasta las primeras luces del día. Así se hace el amor.

Los entrecejos se suavizaron y las partículas se enfriaron. La gravedad fue haciendo efecto en sus levedades acoplando la materia e intercambiando calor con el fin de equilibrarse. Los ojos estrenaron un brillante tintineo y la velocidad del tiempo se hizo difusa entre lo físico y lo metafísico.

Capítulo 8 *Sahasrara*

Galopar diariamente a lomos de nuestra mente
nos lleva a no reconocernos más allá de esta.
No nos identificamos con nuestro hígado, ni
con nuestros pulmones. ¿Por qué hacerlo
entonces con el órgano diseñado para resolver
problemas?
El Ser único, esa tela de araña que une todas
las piezas de vida, ese vasto campo de
posibilidades, está siempre presente anhelando
que nos demos cuenta de su presencia.
El espacio para que todo suceda es visible
para quien vela por desprenderse de cualquier
condicionamiento o forma. Es perceptible para
quien desdibuja los contornos de quién son,
acumulados durante tanto tiempo y tantas
vidas. Hemos hecho cárceles con palabras y la
libertad comienza en un sendero desprovisto
de definiciones y de ideas. Donde la belleza
no se juzga. Se contempla.

****

Mateo amanece al lado de Sarah y detiene su mente en el silencio de la mañana. Contemplaba las motas de polvo suspendidas en el aire, visibles gracias a los delgaditos rayos de luz que se filtraban en el cuarto. Con la delicadeza de un espía logró salir de la cama sin producir ningún sonido. Apoyó sus pies descalzos sobre la alfombra malva extendida junto a la cama y sigilosamente fue al salón. Echó un vistazo panorámico con indicios de buscar algo en concreto. Con una callada agitación mostró haberlo encontrado. Se sentó para transcribir en un papel alguna fugaz inspiración, lo dobló con dos perfectos pliegues y lo introdujo en la caja construida por Pedro. Volvió al dormitorio. Se sentó despacio junto a aquella mujer y fundió su mano con el hombro de Sarah, con la palma totalmente extendida ejerciendo la presión necesaria para provocar un suave despertar.

-Hola, Sarah. Buenos días.- Pronunció entre susurros.- *¿Has descansado?*

*-Mateo...-*Suspiró.

-Tengo que irme a por Álex. Prometí recogerle temprano. Ha sido, sin duda, la noche más extraordinaria que he vivido. Gracias. ¿Hablamos luego?

-Para mí también ha sido una noche que nunca había experimentado.- Se creó un bello silencio.- *Sí, luego hablamos. ¡Mateo!-* exclamó llamando más si cabe su atención- *...soy muy feliz.*

Él sonrió e inspiró profundo. Exhalando, se abandonó y entregó en el Ser único.

Tras quedarse sola permaneció unos instantes acostada y se levantó aún algo adormecida. Arrastraba las zapatillas por el suelo del piso, calmada. Clavó la vista de nuevo en la caja de su padre, cerró los ojos y lo recordó con amor. Como empujada por un impulso interno, entreabrió la tapa y con asombro descubrió la nota de Mateo. Colocó de nuevo la caja en su lugar y se dejó caer en el sofá con el manuscrito.

``*Dicen que ahí fuera hay un universo. Yo no lo he visto entero pero comentan que es infinito y hermoso. Bueno, pues he estado investigando un poco y al parecer no es de nadie. Así que… ¡te lo voy a regalar! Todos sus colores, estrellas, planetas y vacío. Todo su silencio y todo su equilibrio.*
Como sé que no tienes donde guardarlo he decidido que lo sientas y he mandado a tu interior una conexión directa. Para acceder solo es necesario que cierres lo ojos y respires. Cada vez que lo hagas recuerda que eso que sientes es tuyo.''

Cierra los ojos, respira.

Sarah amanece.

Gracias

A todas y cada una de las personas que de una manera u otra han sobresaltado mis emociones, potenciado mis percepciones y, en definitiva, a todo ser que me ha mirado de alguna forma.

A las representaciones que he hecho con mi personaje, del que poco a poco me iré despidiendo para fundirme con cada porción de existencia en una infinita atemporalidad.

Printed in Great Britain
by Amazon

16121631R00059